EDITION BELLETRISTIK

made in china

LEA SCHNEIDER

Quartheft 78 | Edition Belletristik
2. Auflage, 2020 Verlagshaus Berlin
ISBN 978-3-945832-38-7

Chodowieckistraße 2, 10405 Berlin

www.verlagshaus-berlin.de

GEDICHTE: Lea Schneider
ILLUSTRATIONEN: Yimeng Wu
LEKTORAT: Jo Frank
GESTALTUNG & SATZ: Andrea Schmidt
SCHRIFT: Archeron Pro, Noto
BUCHDRUCK & -BINDUNG: Druckerei Totem / Printed in Poland, 2020
PAPIER: 90 g/m^2 Amber Graphic / 250 g/m^2 Iceblink weiß

WEITERE TITEL VON LEA SCHNEIDER IM VERLAGSHAUS BERLIN:
Chinabox. Neue Lyrik aus der Volksrepublik / Edition Polyphon / ISBN 978-3-945832-20-2
O0 / Edition Binaer / ISBN 978-3-945832-17-2
Invasion Rückwärts / Edition Belletristik / ISBN 978-3-940249-63-0

Die Arbeit an diesem Buch wurde gefördert durch ein Stipendium des Goethe-Institut China und der Universität Nanjing.

Das Verlagshaus Berlin wurde mit dem Förderpreis des ersten Berliner Verlagspreises (2018) und mit dem Deutschen Verlagspreis (2019 und 2020) ausgezeichnet.

Alle Titel, die im Verlagshaus Berlin erscheinen, werden im Literaturarchiv Marbach, im Lyrik Kabinett München und in der Deutschen Nationalbibliothek archiviert.

1 made in china

一

给我的鬼魂

给我的朋友

when you encounter difficulties, you need to be optimistic. pessimists tend to die.
周有光 zhōu yǒuguāng

the dictionary is based on the hypothesis — obviously an unproven one — that languages are made up of equivalent synonyms.
劉禾 lydia liú

everything, everyone begins with home.
田晓菲 xiǎofēi tián

westler beschweren sich häufig, dass china völlig unverständlich sei. chinesen verstehen china genauso wenig, aber auf einer ganz grundsätzlichen ebene wollen sie das auch nicht.

西川 xī chuān (2011)

1 ein loch im papier, das groß genug ist

dies ist die hauptstadt, die südlichere hauptstadt, die hauptstadt, die keine mehr ist. ihr regierungspalast ist nicht europäisch. ihr regierungspalast ist so europäisch wie eine kolonialvilla. ihr regierungspalast ist ein nachbau, er steht auf den ruinen des regierungspalastes von jesus' jüngerem bruder. ihr regierungspalast hat geschwungene dächer, einen pavillon für vergessliche vögel, gusseiserne fin-de-siècle-aufzüge von schindler, einen öffentlichen garten und einen goldfischteich. ihr regierungspalast kann für 40元 besichtigt werden, und dann bleibt man den ganzen tag. die regierung blieb bis zum 1. dezember 1937. als sie ging, wurden die stadttore versperrt. in den nächsten sechs wochen töteten japanische soldaten 400.000 zivilistinnen. in den nächsten vier wochen vergewaltigten japanische soldaten 20.000 frauen. die stadttore stehen noch, die stadtmauer auch, sie kann für 20元 besichtigt werden, und dann bleibt man den ganzen tag. es ist die einzige komplett erhaltene stadtmauer in china. ich habe das nicht gewusst.

im wūlóngtăn-park brütet die hitze. alles könnte sehr neu oder sehr alt sein, der unterschied will sich nicht einstellen. ich schreibe briefe an till, der neben mir im schatten liegt. ich schreibe briefe an christoph, der sie in einer europäischen kleinstadt liest, das heißt: ich schreibe briefe in die vergangenheit. die vergangenheit, sagt l., ist dort, wo nicht alles zeitgleich geschieht; wo die gegenwart keine auf 350 km/h beschleunigte gleichzeitigkeit ist, sondern eine energetisch sanierte, luftdicht vermauerte sicherheit.

genau das ist das problem, sagt b. und greift nach ihrem bier: wir haben keine zeit zum nachdenken. meine studentinnen brauchen dreißig jahre, um zu merken, was sie wollen, und dann haben sie schon das gemacht, was alle anderen tun. was wir dringend brauchen, sagt b., ist individualismus. sie meint damit etwas anderes als ich.

x. sagt, der individualismus wird kommen, es dauert nur noch ein bisschen. und wie lange genau ist ein bisschen, fragt b. mit dem kopf im kühlschrank. 137 monate und 22 tage, keine sekunde weniger und keine sekunde mehr, sagt x. und nimmt b. die flaschen ab.

h. sagt, er muss in letzter zeit ständig an die 70er denken, es fühlt sich an, als kämen die 70er zurück, und ich frage mich, was würde ich alles nicht für selbstverständlich halten, wenn ich die generation meiner eltern wäre, oder die generation davor – wofür würde ich mehr kämpfen, wovor hätte ich mehr angst. in den 70ern gab es keine presse, nur regierungszeitungen, sagt h. vor drei monaten hat er seinen job als chefredakteur aufgegeben und eine werbe-agentur gegründet. wovor hätte ich mehr angst.

dies ist nicht die stadt der schwalben. es ist die stadt, die man vergessen hat. vergessen, wàngjì: ein wort mit zwei silben, wie fast jedes wort in dieser sprache, in der jede silbe ein schriftzeichen und jedes schriftzeichen ein wort ist, die sich mit 85.568 schriftzeichen schreibt und mit 400 silben spricht, in der sich die dinge also permanent reimen und in der jedes dritte gesprochene wort dasselbe wäre, wenn man ihm nicht wenigstens eine zweite silbe spendieren würde, eine sprache, die eigentlich zwei sprachen, eine zum schreiben, eine zum sprechen, und beide sind sehr unpraktisch und sehr, sehr schön. wàngjì also, zwei silben: wàng: vergessen, jì: sich etwas merken. die deutsche übersetzung von wàngjì lautet: vergessen, aber wörtlich übersetzt heißt wàngjì: vergessen, sich etwas zu merken. natürlich, man kann das auch anders sagen. dies ist kein gedicht über den zu kurz gedachten zusammenhang von sprache und denken. dies ist im besten fall: ein

中华字海
meer aus worten. sämtliche schriftzeichen der chinesischen kultur (1994)

臧棣：像雪山一样升起丛书
zāng dí: *aufsteigen, wie es die schneeberge tun* (2011)

loch im papier, das groß genug ist, um durchzuwollen. groß genug, um die fische dahinter schwimmen zu sehen. die pokémon.

also: alles sammeln, weil alles gesehen werden soll. die ingwerscheiben und die muskatbrühe, die 20 x 20cm großen gehwegplatten, je 1 kreis, 4 schwünge und 16 quadrate am rand — ca. 3000 augen mit je sehr viel schlaf in den winkeln. den nudelstand und den pfannkuchenstand, den mann vom mobilen schlüsseldienst, der mittagsschlafend an seinem mobilen schlüsselstand lehnt, einen wasserschlauch im garten der universität. die fetten, schlafenden campuskatzen, tragbare, batteriebetriebene, an den rändern ihres plastikgehäuses allmählich abkrümelnde mini-radios, lautsprecherdurchsagen, ein auto-alarm, der sich in den platanen verfängt, rote bänder in den ästen und fahrräder, lastenräder, zìxíngchē. liùshí niándài de zìxíngchē, sagt x., fahrräder wie aus den 60ern: wo immer sie hinfahren, fahren sie durch staubiges nachmittagslicht.

孙文波：六十年代的自行车
sūn wénbō: *fahrräder in den 60ern* (2002)

nostalgie, sagt l.: eine hitze, in der sich alles verschläft, im körper nach unten sinkt und an wichtigkeit verliert. die straßen streifen an hügeln entlang, an etwas vertraut mediterranem. in nánjīng denke ich zuerst an italien und dann an etwas, das ich nicht mehr vergleichen muss, um es gern zu haben.

dies ist nicht die stadt der schwalben. dies ist die stadt, in der ich dich liebe. ihre wände weißgewaschen wie eine akte, die tore rund wie ein langsam platter werdender ball. noch kann man durchgehen. durch eine vergangenheit, die eine von vielen, die ein ohrwurm der gegenwart, die genau so ist, wie sie sein soll, rènao nämlich. rènao ist ein wort für die form von gemütlichkeit, die sich einstellt, wenn in einer großen gruppe von menschen alle durcheinander reden und dabei eine lautstärke erzeugen, in der man oben und unten vergisst — eine lautstärkenfläche, in der alles weich wird, entkrampft und an wichtigkeit verliert.

li-young lee: *the city in which i love you* (1990)

于坚：0档案
yú jiān: *akte 0* (2002)

in nánjīng sehe ich eine armut, die wie müdigkeit aussieht, eine armut, die alles verkauft, dessen sie habhaft werden kann, kronkorken, benutzten blumendraht, kaulquappen, dinge, von denen ich keine ahnung hatte, dass man sie verkaufen kann, eine armut, die riesige plastiksäcke mit sich herumträgt, eine armut aus rotweißblauweißrotweißblau gestreiften, wasserabweisenden, zusammengetackerten allzweckplanen, eine armut, die als sichtschutz vor einem baugerüst hängt.

in nánjīng sehen mich platanen, wo immer ich hinkomme, die meisten davon wurden gepflanzt, bevor die regierung ging. nánjīng ist eine stadt, von der ich nicht gewusst habe, dass sie eine stadt mit platanen ist, eine stadt mit buchläden und parks und straßencafés und seen, deren große glücksgeschichte noch nicht geschrieben ist. in nánjīng gibt es ein beständiges sägen, das keines ist, ein schubsen heiserer zirper vom ast. wenn ich vorbeikomme, dimmen die grillen kurz ihre lautstärke. als ob sie mich sehen würden; als ob sie ihnen peinlich sei.

in nánjīng lese ich einen essay von lǐ chénjiǎn, den alle gelesen haben, weil er fast einen tag lang online war, bevor die zensurbehörde die klickzahlen bemerkte. lǐ chénjiǎn ist der dekan des yuánpéi-kollegs an der universität běijīng. lǐ chénjiǎn ist einer der höchsten beamtinnen chinas. zynismus, schreibt lǐ chénjiǎn, bildet die basis unserer gesellschaft, und das hat einen einfachen grund. wenn du alle entfernst, die ihre meinung sagen, dann bleiben diejenigen übrig, die keine haben. zhūjūn, jù zuò quǎnrú, schreibt lǐ chénjiǎn: sehr geehrte damen und herren, widerstehen sie der versuchung, zynikerinnen zu sein.

李沉简：挺直脊梁拒做犬儒（北大一二〇纪念）
lǐ chénjiǎn: *zynismus und rückgrat. 120 jahre universität běijīng* (2018)

also: alles sammeln, weil alles genannt werden soll. eine entscheidung, es nicht gut sein zu lassen; sich nicht zu gewöhnen, nicht schleichend und nicht der einfachheit halber und nicht an diese erbärmliche angst. eine entscheidung, die in der gegenwart um die gegenwart; die jede trauer verweigert; die im wūlóngtăn-park auf der kleinen insel hinter dem getränkeautomaten, hinter mülltrennung und weidenzweigen und mittagspause, hinter kräutereistee in dosen und take-away in plastiktüten, hinter einer entscheidung, hinter die sie nicht zurückgeht: say it too fast and it sounds like a platitude: exactly the kind of reductive, crushing generality i want to try to avoid.

eileen j. cheng: *literary remains. death, trauma, and lŭ xùn's refusal to mourn* (2013)

kate briggs: *this little art* (2018)

dieses land ist kompliziert, sagt b., ist mir mittlerweile auch egal, ob das gut oder schlecht ist, es ist auf jeden fall interessant. keine ahnung, was in zwei jahren sein wird; ich kann mich kaum noch erinnern, wie es vor zwei jahren war.

also alles sammeln, weil alles anders sein wird: sonnenschirme, tomaten mit zuckerguss, den xuánwŭ-see, wenn man von der stadtmauer herunterschaut, die regattastrecke der ruderboote — winzige nadeln zwischen den inseln, den dicken blumenkohlköpfen im see. y. sagt, nach der schule sei sie hierhergekommen, wenn sie allein sein wollte. y. sagt, ich soll mehr trinken, duō hē diǎn, und das sagen alle. gekochtes wasser, kāishuǐ, noch so ein zweisilbenwort: kāi: öffnen, shuǐ: wasser. gekochtes wasser, kāishuǐ, noch so ein glücksfall: geöffnetes wasser.

y. sagt, alle warten darauf, dass die immobilienblase platzt; y. sagt, sie weiß noch nicht, ob sie dann wieder nach berlin geht. als y. zum ersten mal nach berlin ging, dauerte es zwei monate, bis die mauer fiel. 1989, das war ein furchtbares jahr für china, sagt y., ich bin danach lange nicht mehr zurückgekommen. während ich sie ins herz schließe, frage ich mich, was ich von ihr hören will. y. arbeitet für den staat. y. hasst xí jìnpíng, weil xí jìnpíng intellektuelle hasst. das hat er mit máo gemeinsam, sagt y., diese verachtung für die aufklärung. ich habe das nicht gewusst. y. sagt, sie hat keine lust mehr auf kalligraphiekurse, und das ist ihre bezeichnung für auswärtige kulturpolitik; y. sagt, china ist komplizierter als das. ja, sage ich, und darum ist es ja so interessant. y. lächelt müde. duō hē diǎn.

und unter uns liegt der see, liegt die ruhe einer stadt, die man vergessen hat, auf chinesisch:

die ruhe einer stadt, die man vergessen hat, sich zu merken; die ruhe einer seit den 50er jahren irgendwie übersehenen stadt; die ruhe einer stadt mit 8 millionen einwohnern.

in nánjīng, in einem herbst, der ein sommer ist, den wir mit gesprächen gestopft haben wie ein jiǎozi, so gierig gefüllt, dass es beim kochen platzen wird, in einem herbst, der ein anfängerfehler, der schöner als objektiv möglich und ein sommer ist, lege ich das lexikon des modernen chinesisch neben tills kaffeetasse auf einen tisch auf einem balkon an dem trocknende handtücher hängen, fußnoten zu fußnoten, ausleger an den stegen von sprachen, die sich von uns lossagen, uns versprechen.

dabei sind sich deutsch und chinesisch so ähnlich, sagt y., beide behaupten ihre worte, ungeschickte übersetzungen, wo die anderen sprachen sich auf eleganz einigen, bestehen deutsch und chinesisch auf wörtlichkeit. kindersprachen, in denen alles heißt, was es ist, in denen es nicht television, sondern fernsehen heißt, oder eben diànshì, noch so ein zweisilbenwort, diàn: elektronisch, shì: sehen, diànshì: elektrosehen, oder eben: fernsehen. sprachen mit geringer fremdworttoleranz; sprachen, die sich alles aneignen, was sie finden können; sprachen, die sich der welt mit zärtlichkeit nähern, mit der zärtlichkeit, mit der man einen fisch erschlägt.

und das ist kein zusammenhang, sagt x., keine traditionslinie, keine anthropologische konstante, das ist ein loch im papier, das groß genug ist, eine dieser zufälligen, strukturellen ähnlichkeiten, was logikerinnen als wunder bezeichnen, all diese irgendwie wahlverwandten monster, die hektisch von ihren inseln in der geschichte kreischen und aufmerksamkeit wollen.

david der-wei wang:
the monster that is history
(2004)

also alles sammeln, weil alles in die sprache gehört: tee-eier, yóutiáo, die zensierten zeitungen am kiosk neben der metro-station gŭlóu, die niemand liest, die reportagen im nánfāng zhōumò und auf cáixìn, die alle lesen, die goldfischbecken und die elstern, die vor den tempeln stehen, ihre schwebenden schmuckflossen, das königinnenblau unterm flügelspiegel, am rand. vögel welcher farbe sind das, die ihr eigenes vergessen fortfliegen?

西川：夜鸟
xī chuān: *nachtvögel*
(ca. 1992)

in nánjīng sehe ich einen eisvogel, den einzigen eisvogel, den ich je gesehen habe, am rand eines zubetonierten kanals in xiānlín an der haltestelle der metro nr 2 nach jīngtiān lù.

in nánjīng sind die platanen bis etwa einen meter über dem boden mit weißer und die mauern in der altstadt mit pastellgelber farbe gestrichen, in nánjīng sind die klimaanlagen von hǎi'ěr, in nánjīng halten die stromkabel den himmel zusammen.

in nánjīng lerne ich den unterschied zwischen pragmatik und pragmatismus. er liegt in einer entscheidung, und er liegt im preis, den man zahlt: pragmatiker wollen ihn so klein wie möglich, pragmatisten kalkulieren ihn so hoch wie es geht. nicht aus lust an schmerzen, nicht aus heldinnentum, nicht aus hoffnung – hoffnung, schreibt lǔ xùn, ist die gleiche illusion wie verzweiflung – sondern aus einer entscheidung, die eine verbindlichkeit ist, aus einer verbindlichkeit, die eine verweigerung ist. aus der weigerung, es gut sein zu lassen, sich zu gewöhnen, der weigerung, zynisch zu werden, aus dem unvermögen, es gut sein zu lassen, aus der hoffnungslosen ernsthaftigkeit, mit der man sich einem spiel verschreibt, verspricht.

魯迅：魯迅自选集
lǔ xùn: *vorwort zu den selbstgewählten werken* (1933)

ich schreibe, weil die leute es hassen, sagt lǔ xùn. die welt ist voll von leuten, die bloß ihre persönliche komfortzone sichern wollen, und weil sie die nicht einfach so haben dürfen, müssen wir ihnen von zeit zu zeit etwas lästiges

魯迅：墳
lǔ xùn: *gräber* (1927)

vorsetzen, etwas, das sie in ihrer handlungsfreien welt stört.

verschick deine liebe zum valentinstag, sagt das plakat hinter dem kiosk im wūlóngtǎn-park, schick sie per schnellkurier. tóngchéng fēisòng, nur 5元, lieferung in der ganzen stadt, nur 6 stunden. valentinstag, qīxì, der siebte tag im siebten monat, ist in nánjīng im herbst, der ein sommer ist. ich habe das nicht gewusst.

西川：月亮
xī chuān: *der mond*
(ca. 1995)

suǒyǐ yào jué mù, nǐ jiù gǎnkuài dòng shǒu ba, sagt b.: wenn du gräber ausheben willst, na, dann leg mal los.

秋瑾：秋风秋雨
qiū jǐn: *herbstwind, herbstregen*
(1907)

qiūfēng qiūyǔ / chóu shā rén, sagt qiū jǐn, chinas erste feministin, die anarchistin mit dem herbst im nachnamen und dem schwert vom spiegelsee im künstlernamen, am 13. juli 1907, dem abend vor ihrer hinrichtung: herbstregen, herbstwind / diese erbärmliche angst. qiūfēng qiūyǔ / chóu shā rén, sagen millionen chinesische schulkinder, die ihre gedichte auswendig können.

jure detela via tibor
hrs pandur: *manifest ilegale* (ca. 1975)

früher oder später werden wir alle eine kugel in den kopf kriegen, sagt h. das ist unabwendbar, und darum müssen wir sicherstellen, dass wir sie von unseren gegnern kriegen, und nicht von uns selbst.

cǐkè, shéi méiyǒu fángwū jí bùbì ànjiē dàikuǎn, sagt h.: wer jetzt kein haus hat, muss keinen kredit mehr zahlen. und sowieso, sagt h., habe ich nie verstanden, warum irgendwer für den staat arbeitet, es gibt doch mittlerweile so viele möglichkeiten, in china geld zu verdienen. h. bezahlt mein mittagessen und lacht. man soll vorsichtig sein, erinnere ich mich, wenn geliebte menschen einem etwas zu großes schenken: es wird ein abschiedsgeschenk sein.

韩博：自由二
hán bó: *freiheit nr. 2*
(2017)

marina cvetaeva:
erzählung von sonečka
(1938)

1

welchen sinn hat es denn bitte nach shànghǎi zu gehen, wenn man sich dort keine liebhaber nimmt?

鲁迅 lǔ xùn (1935)

1 derselbe unterschied

bù mófǎng gǔrén, xū yán zhī yǒu wù, sagt mir jemand. sage das, was du zu sagen hast, sagt mir jemand. sag es in der sprache, die du sprichst.

胡适：文学改良刍议
hú shì: *meine bescheidenen vorschläge für eine reform der literatur* (1917)

die lesende frau auf dem steg vor dem teehaus im jìng'ān-park, zwei stockwerke wiederaufgebaute tradition und ein see davor. was es heißt, wenn sich das alter der dinge nicht ans alter des materials hält, aus dem sie bestehen. was es heißt, wenn ich die gegenwart nur als zeitlupe erzählen kann, zeitlupe dieses tags im april, an dem die sonnenschirme auf dem steg noch geschlossen sind: um diese zeit ist noch zeit. um diese zeit sind die mieten in shànghǎi noch nicht teurer als die mieten in london, sind die brachflächen noch so viele, dass die wege zu lang für einen spaziergang, kommen die leute noch in eine stadt, die noch luft nach oben – horizontale brachflächen – die seerosen hat und entengrütze und cctv über den mähnen der wächterlöwen im jìng'ān-tempel, löwen, die wie hunde mit perücke aussehen, in die man eine schildkröte gedrückt hat (aber die schildkröten sehen aus wie schildkröten).

und die blauen markisen in der altstadt sehen aus wie blaue markisen, die topfpflanzen unter den markisen sehen aus wie topfpflanzen, die mülleimer neben den topfpflanzen sehen aus wie mülleimer, die spatzen auf den mülleimern sehen aus wie spatzen, die wäscheleinen über den spatzen sehen aus wie rote fäden, denen die farbe ausgegangen ist, und die wohnung von a. sieht aus wie vor acht jahren.

a. sitzt in der dōngxīn lù 88, im 10. stock von haus nr. 3 links neben der gleichen küchentür zwischen neuen kaffeeflecken auf der gleichen couch und erklärt dem lieferanten vom straßengrill an der metro-station, dass sie ihre bestellung nicht so scharf machen sollen. cào, sagt a. eine minute später, fuck, hab ich ihm gesagt, dass sie nicht so scharf machen sollen? hast du, sage ich. der typ kommt aus sìchuān, sagt a. und betrachtet beunruhigt ihr handy, ich ruf besser nochmal an. a. kommt aus zhèjiāng. leute aus zhèjiāng, sagt a., kriegen das mit dem scharfen essen nicht so gut hin. ich habe das nicht gewusst.

von a.'s fenster aus sieht man die türme von haus 7 bis 10, das ufer des wúsōng-flusses, wäscheleinen, ein komatöses stück bauland, eine einzelne palme, ein gutes stück himmel und den wasserspielplatz im àomén-park, wo diese skulptur eines menschlichen eis steht, ein ei mit beinen und einem gesichtsausdruck, als habe man es drei minuten zu lang gekocht, ein ei als mahnmal für das ewige rätsel von kunst im öffentlichen raum. was man von a.'s fenster aus nicht sieht, ist der lāmiàn-laden, zu dem man nur geht, wenn man zeit hat und es nachmittag ist, weil die bäume am wúsōng-fluss noch nicht hoch genug sind, um schatten zu haben, weil man vorbei muss an diesem übriggebliebenen haus neben der brücke, dem letzten haus auf der welt, und weil auf der brücke jemand rosenkränze und wunschbänder verkauft, weil man sich kurz hinter der brücke bei gutem wetter die haare schneiden lassen kann, neben einem temporären kunstwerk aus plastikstühlen, das seit monaten niemand abholen kommt. 2010 war das, als ich hier zwei sehr entschieden wirkenden menschen nicht ganz absichtlich beim knutschen zusah, in der nähe von einem drei meter großen, silbernen hund, den man nur von der anderen flussseite aus sehen konnte, und auch den hatte seit monaten niemand abgeholt.

2010 saß ich auf a.'s couch, die meine couch war, die die couch unserer vermieterin war, und a. brachte mir mit unerbittlicher begeisterung worte bei, die wichtig sind. wichtig sind worte, die nützlich sind. die wichtigen worte schrieb a. auf einen zettel, von dem ich fest entschlossen war, ihn nicht zu verlieren. jīntiān wǎnshàng wǒmen chūqù wánr, schrieb a., heute abend gehen wir raus und haben spaß, aber dieses wánr hieß nicht: spaß haben. wánr war nicht etwas, das man hatte, sondern etwas, das man tat. was man tat, um spaß zu haben, lag an der person, die davon sprach. wenn a. sagte: jīntiān wǎnshàng wǒmen chūqù wánr, dann meinte a.: heute abend rufen wir unseren gesamten freundeskreis an, bezahlen allen das taxi und gehen in den teuersten club, den wir finden können.

auf allen erinnerungen, die ich von a. habe, drängt sich ein blauer, breitbeinig winkender plastiktropfen in den hintergrund. (in dieser stadt hat alles beine.) auf allen fotos, die ich vom maskottchen der expo 2010 in shànghǎi habe, trägt der himmel smog wie einen titel über sich, wie ein wort, das ich erst jahre später gelernt habe, weil es der titel eines gedichts ist, das ich erst jahre später übersetzt habe. wùmái, schreibt liú lìgān: dieses kratzen, dieses verstaatlichte schweigen im hals. in der kehle, wo wèilái dǔ zài hóuguǎn lǐ xiàng yī kǒu tán, wo die zukunft sich festgesetzt hat wie ein klumpen rotz.

刘立杆：雾霾
liú lìgān: *smog*
(2013)

worte, die wichtig sind. worte, die nützlich sind. wie spreche ich von den worten, die meine sprache nicht spricht.

zwischen 1850 und 1910 erfanden chinesische autorinnen nach zählung der linguistinnen gāo míngkǎi und liú zhèngtàn genau 1266 neologismen, um bücher aus europäischen sprachen zu übersetzen. fahrrad: zìxíngchē, batterie: diànchí, abendzeitung: wǎnbào, selbst: zìjǐ, welt: shìjiè, gesellschaft: shèhuì, ökonomie: jīngjì, revolution: gémìng, romantik: làngmàn, rasse: zhǒngzú, volksgeist: guómín xìng. sie taten das nicht, weil es diese dinge in china vorher nicht gab, sondern weil es vorher keine notwendigkeit gab, diese dinge auf eine art zu sagen, die in europäische sprachen übersetzbar war. die übersetzerinnen dieser zeit sagten keine neuen dinge; sie sagten die dinge neu. wo sie konnten, gingen sie von den dingen zu den worten den kürzesten weg. sozialismus z. b., shèhuì zhǔyì, wörtlich: gesellschaftismus. ich weiß ja, das ist er auch auf deutsch – aber eben nicht auf deutsch. same difference, derselbe unterschied, tóngyàng ge qūbié. jedes wörterbuch, schreibt lydia liú, basiert auf der offensichtlich unbewiesenen annahme, dass sprachen aus einander entsprechenden synonymen bestehen.

aber auch das ist eine übersetzung, sagt k., weil alles in die sprache gehört, das ist ein satz, in dem sie borges zitiert, und borges schreibt es

高名凯，刘正谈：现代汉语外来词研究
gāo míngkǎi, liú zhèngtàn: *lehnwörter im modernen chinesisch. eine studie* (1958)

lydia liú: *translingual practice. literature, national culture, and translated modernity. china, 1900–1937* (1995) jorge luis borges: *el oficio de traducir* (1976)

weniger klug, weil er sich seiner sache zu sicher ist. de acuerdo a los diccionarios, schreibt borges, los idiomas son repertorios de sinónimos, pero no lo son. bei borges ist die annahme nicht unbewiesen, sondern ganz einfach falsch, sagt k., das heißt, borges gibt dir die antwort, nicht die frage, und mich würde mehr interessieren, was auf dem weg dahin passiert.

k. sitzt auf der dachterrasse seiner villa in hóngqiáo, unter kondensstreifen, die man nicht sieht, weil die dämmerung schneller war. k. kann die bücher nicht finden, die er mir geben wollte, sie müssen noch in běijīng liegen. in běijīng hat k.'s frau eine professur für verfassungsrecht; in běijīng ist k., wenn er kann. es ist immer gut, einen draht nach běijīng zu haben, sagt k., man weiß dann schneller, was man grade nicht sagen darf, und wenn deine frau der draht ist, weißt du es sogar, bevor es jemand anderen erwischt. k. ist dichter. dichterinnen, sagt k., sind in china immer politisch, ganz egal, was sie schreiben, die frage ist nur, wie sehr sich wer in der regierung grade daran erinnert, wie gern welches mitglied der stadtverwaltung, der provinzverwaltung, des politbüros grade gedichte liest, wie sicher oder unsicher, ängstlich oder vorauseilend ängstlich jede einzelne von ihnen grade ist. k. hat die

90er im exil in berlin verbracht, dann ist er zurückgekommen und hat sich eine villa gekauft. zur feier der villa machen wir einen schnaps auf, den k. von mò yán geschenkt bekommen hat. und näher, sagt k., werde ich dem nobelpreis nicht mehr kommen, zumindest in diesem leben nicht.

worte, die wichtig sind. worte, die nützlich sind. wie spreche ich von den worten, die meine sprache nicht spricht.

wie spreche ich von der intimität der gegenstände, von der geschwindigkeit, mit der ich sie vergesse. wie sammle ich alles, wenn alles: salzige bohnen, sauerscharfe suppe, zwanzig sorten bāozi, zwanzig sorten unterhosen im laden in der garage auf dem foto nebenan. pastellfarbene plastikwannen, pastellfarbene plastikbesen, wäschehänger, rund und mehrstöckig, karusselle für den balkon, der nie ein balkon, sondern immer ein wintergarten, auf dem die wäsche zwei wochen zum trocknen braucht. glücksbringer in den taxis, transportable götter, nóngfū-spring in 5-liter-kanistern, das fach mit den büroartikeln im family mart an der dōngxìn lù ecke wǔníng lù, das fach mit dem mitshubishi uni-ball eye ub-150, das fach, sage ich zu k., weil ich auf k.'s klugheit selbst auf den fotos keine bessere antwort weiß, mit dem besten stift der welt.

wie sammle ich alles, wenn alles.

im museum für zeitgenössische kunst auf dem ehemaligen expo-gelände hängt tomoko sawada neben olivier de sagazan neben yú jí, neben dem modell einer öffentlichen toilette, das wie ein puppenhaus aussieht. weiße wände, deckenspots. der raum klassifiziert sich in meine kategorien von coolness, mit der lässigen brutalität eines klettverschluss. auf dem foto, das ich davon habe, steht h. im hintergrund und hat die arme verschränkt, und drei fotos weiter gehen wir nebeneinander die zentraltreppe hinunter und lachen und drehen uns weg. auf h.'s t-shirt ist ein kleiner totenschädel in einer blume abgebildet, darunter steht auf englisch: it's getting better all the time. méi wèntí, sagt h., no problem, und das ist ein zauberspruch. hinter uns, auf der zentraltreppe, stehen menschengroße topfpflanzen in goldenen quadern. in dieser stadt hat alles beine. ich habe das nicht gewusst.

于吉：公共空间2号
yú jí: *öffentlicher raum nr. 2*
(2010)

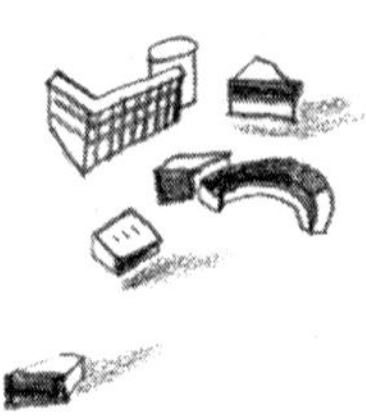

auf allen fotos, die ich von shànghǎi, wo alles zeitgleich, wo die gegenwart eine auf 350 km/h beschleunigte, eine gleichzeitigkeit von der geschwindigkeit der gāosù-züge der neuesten generation, so zeitgleich, dass derselbe ort daraus wird. als ob diese gegenstände nirgendwo sonst sein könnten, als ob hinter jeder leuchtreklame noch eine efeufassade noch ein plastikhocker noch ein mann an seinem handy noch ein weißer audi a6 noch ein zwei drei stromkabel in jede richtung noch ein zwei drei klimaanlagen noch ein besen noch ein becken noch zwei styroporkisten mit geliefertem mittagessen noch ein schild mit der telefonnummer des lokalen dienstes für kleinreparaturen im haushalt, jiādiàn zhìlěng wéixiū: 18721572885, noch ein laden für rìyòng bǎihuò, für liebe und andere waren des täglichen gebrauchs. als ob das alles nirgendwo sonst auf der welt platz hätte, oder als ob man nirgendwo sonst auf der welt verstanden hätte, wieviele dinge in ein bild passen, oder wieviel nähe zueinander die dinge in wahrheit einfordern, wie nah sich das alles kommen will. noch eins, noch eins zwei drei du fünf er sieben acht ich. ich habe das nicht gewusst.

all die situationen, in die ich nicht einsprechen kann. i fake my way of saying it: auf dem balkon sitzen, unter trocknenden unterhosen sitzen und qīngdǎo trinken und mit k. über den wahlausgang in deutschland streiten und lieber

西川：西川声纪行
xī chuān: *reisen in der provinz xīchuān*
(2014)

颜峻：反对一切有组织的欺骗
yán jùn: *gegen alle organisierten lügen*
(2000)

韩博：自由九
hán bó: *freiheit nr. 9*
(2017)

hoa nguyen:
durian sonnett
(2017)

friedrich torberg:
die tante jolesch
(1975)

das sagen, was ich fehlerfrei sagen kann, als das, was ich sagen würde, wenn. sie glauben gar nicht, wie oft ich schon mitten im satz meine weltanschauung ändern musste, nur, weil mir ein wort in der anderen sprache gefehlt hat.

mein herz wird immer in berlin sein, sagt k., berlin wird meine stadt sein, immer. die pípa-bäume vor k.'s villa und das kissen im rücken seiner krummen biografie. am nächsten tag ist die afd mit 8 stunden zeitunterschied bei 12 prozent, und die streberhafte vertrautheit von metaphern, die sich anbieten, jovial und fettig und ohne jedes gespür für takt. was man sehen würde, wenn man das alles sehen könnte: das golden eagle hotel und die fassade der pädagogischen universität, straßenlaternen, so orange wie auf einem überteuerten kunstdruck aus dem van-gogh-museum in amsterdam, die ampeln, die erst das warten runterzählen und dann das gehen, die schmiegsamkeit der nacht in dieser stadt in einem taxi auf der ringautobahn, schmiegsam in sich selbst. ich habe das nicht gewusst.

auf allen fotos, die ich von shànghǎi habe, übersteuert das licht. ich sehe die sonne, und ich sehe die hitze. ich sehe keine schatten, ich sehe das licht, in dem alle fotos, die ich von shànghǎi habe, unscharf werden, worte, die meine sprache nicht spricht.

suǒyǐ: i fake my way of saying it. weil wir keine pragmatiker sind, sagt k., wir sind pragmatisten. yīnwèi wǒmen jiùshì shíyòng zhǔyìzhě, suǒyǐ haben wir das als möglich gedacht: dass es sprachen gibt dafür, dass wir uns versprechen können, und dass dieses unglaubhafte licht, dieser leergefriedete himmel, wo wèilái dǔ zài hóuguǎn lǐ xiàng yī kǒu tán, dabei keine hilfe sein würde, sondern egal.

戴维娜：灵魂体操
dài wéinà: *22 turnübungen für die seele* (2014)

und als ich dann endlich groß war,
nahm ich all meine kräfte zusammen,
um für volk und vaterland so nutzlos
wie möglich zu sein.

戴维娜 dài wéinà (2014)

1 die hemds–ärmelige liebe meiner freundin q.

AROSPER
梅飯店
龍市酒店

fuck it, let's move to taiwan, steht am tag nach den wahlen auf einer mauer in wan chai. hilflosigkeit, die sich graffittis schreibt, antizipatorische nostalgie. vor dem balkon lungert die bucht von kowloon, eine langsame bewegung, die nicht auf dich gewartet hat.

david der-wei wang: *worlding literary china* (2017)

mit hong kong ist es wie mit venedig, sagt z., man heddert sich durch eine stadt, die vergangenheit ist und der man beim langsamen verschwinden zusieht, eine stadt wie ein rückwärts laufendes tetris-spiel.

āiyā, sagt q., diese stadt hat immer schon von sich behauptet, dass es sie bald nicht mehr geben wird, ihre nostalgie ist kein problem, sie ist ein modus, etwas, wovon du ausgehen, etwas, das du verwenden kannst. ich habe das nicht gewusst.

ackbar abbas: *hong kong. culture and the politics of disappearance* (1997)

also alles sammeln, festhalten, umdrehen, verwenden, weil alles. alles wird verschwinden, und alles, was du nicht verwendest, wird gegen dich verwendet werden: die gekachelten mauern, gekachelten hochhäuser, gekachelten gehwege, als wäre die stadt ein swimming pool, ein operationssaal oder eine andere art von raum, in dem es wichtig ist, dass die wände schwitzen; dass flüssigkeiten von ihnen ablaufen können.

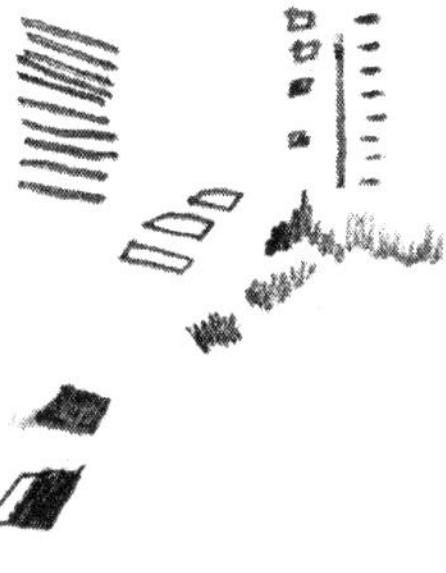

die 2600 fuß rolltreppe von queens road central nach conduit road, als hätte die stadt ihre blutbahnen auf der hautoberfläche markiert, um sie im notfall wiederzufinden; als wäre die stadt ein riesiges kaufhaus aus der zeit, als es noch kaufhäuser gab. jedes einzelne dàntă, kolonialismus als eiercremetörtchen, das keinem mehr wehtut. siamrosa und indischgrün, bambusgerüste und maschendrahtzäune, sportplätze, container, dachterrassen. zwei mickeymäuse aus waschbeton, die eine bank aus waschbeton anbieten wie man waschbeton anbietet, in einem land voller waschbeton.

es ist der sommer, in dem ich lerne, dass man auch seine freundinnen küssen kann. es ist der sommer, in dem es sechs abgeordnete der unabhängigkeitsbewegung ins parlament schaffen, nachdem alle anderen kandidatinnen der bewegung von den wahlen ausgeschlossen wurden.[1] es ist der sommer, in dem ich hier bin, in

tammy ho lai-ming: *simplicity is not an option* (2019)

tammy ho lai-ming: *doubtless* (2019)

1 es ist der sommer mehrere jahre bevor ich dieses buch schreibe, in einem anderen sommer, in dem tammy ho lai-ming über hong kong schreibt: in schools they don't teach the scenario of running away from being tear-gassed, und zwei gedichte weiter schreibt sie: doubtless a people are propelled to be creative with words and images when so many of their protective gear is homemade, taken from thousands of homes. doubtless some pictures still tug at the heart. doubtless our attentive inventiveness is part of our strategy.

einer stadt, die teil einer liste und teil eines verschwindens ist. tiānjīn, xiàmén, àomén, shànghǎi, qīngdǎo, hànkǒu, níngbō, fúzhōu, hong kong, hā'ěrbīn, dànshuǐ, guǎngzhōu, dàlián, zhènjiāng, kūnmíng: treaty ports, vertragshäfen, gǎngbù. zwangsgeöffnet, zwangsverpachtet, zwangszollbefreit, d. h.: miniaturkolonien mit einem recht für ihre bewohnerinnen und einem recht für ihre dauercamper aus europa. als ein kreuzergeschwader der kaiserlichen marine unter konteradmiral otto von diederichs 1898 die hafenstadt qīngdǎo fürs deutsche reich reklamiert, schreibt lín shū, übersetzer von 173 europäischen romanen, der keine einzige fremdsprache beherrscht, eine warnung an den chinesischen kaiserhof: wenn der weiße mann amerika annektieren kann, dann kann er auch china schlucken.

leo ou-fan lee:
the romantic generation of modern chinese writers (1973)

tretboote, maiskolben, ein rotkronenkranich im zoo. guck mal, sage ich zu till, da hinten ist ein ganz kleiner affe, der sich ganz langsam bewegt. nǐ kàn, sagt neben uns ein tourist vom festland zu seinem sohn, nàli yǒu gè xiǎoxiǎo hóuzi, mànmàn de dòngzuò. für jede ambivalenz, die ich in ihre einzelteile zerlegt und verwendet bekomme, kommen zwei neue dazu.

worte, die wichtig sind. in hong kong lese ich, was alvin pang über china schreibt: china was languages we could not afford but hoarded in our mouths anyway. in hongkong lese ich, was xī xī über hong kong schreibt: je länger man english afternoon tea trinkt, desto weniger schmeckt er wie früher.

alvin pang: *china* (2018)

西西：烤饼 xī xī: *scones* (2019)

in hong kong gibt es bemooste hochhäuser, abgetragenen futurismus, in hong kong kommen die bilder, die worte für hong kong mit der zerstückelten geschwindigkeit eines ganz kleinen affen, der sich ganz langsam bewegt: it's either the very old and way too pricey, shiny stuff, or a commonplace that can't be lifted easily and in between it's gone that's why we're here.

eileen myles: *aurora* (1997)

aber das kannst du besser sagen, sagt z., in einer sprache, die weder ihr noch mir, sondern dem gespräch gehört, die schlecht schläft, viel träumt – träumen, mèngjiàn, noch so ein zweisilbenwort, mèng: traum, jiàn: sehen, träumen: mèngjiàn: schlafsehen –, die nach mitternacht wach wird und die minibar leermacht, die alles, was sie finden kann, weil alles: gezuckerte kondensmilch und rote bohnenpaste, klebreiskuchen, gegrillte mántou und gegrillte silberpilze, wunschlaternen, suānlàtāng, sesampudding, die straße in sheung wan (des

韩博：黑烟挂晒 hán bó: *schwarzer rauch, zum trocknen aufgehängt* (2011)

voeux road west), wo es hundert geschäfte für getrocknete meeresfrüchte, doppeldeckerbusse und sonst nichts gibt.

alle glauben, dass ihr zuhause schön sei, sagt q. und lächelt für das foto, das niemand macht. méi bànfă, sagt q. und zuckt mit den schultern: machste nix, und auch das ist ein zauberspruch. eine zikade öffnet den sommer, wie man einen brief öffnet; wir eröffnen unsere freundschaft, wie man ein festival eröffnet, etwas mit halbpension, buffet und poollandschaft, etwas, das für alles andere entschädigen soll.

戴維娜：写小说的人
dài wéinà: *leute, die romane schreiben* (2013)

es ist der sommer, in dem ich hier bin, in einer liebe, die so ernst ist, dass ich sie üben muss, die so ernst gemeint ist, dass ich sie üben muss, und auch diese liebe weiß nicht so richtig, wie soll es weitergehen mit ihr. die hemdsärmelige liebe meiner freundin q. und ihr fabrikarbeiterinnenkörper, der mich jedes mal hochhebt, wenn wir uns sehen, weil er mit unserer freude nirgendwo hin weiß als nach oben.

die vorsichtige liebe meiner freundin z. und ihre klugheit, die vom standbein aufs standbein tritt, nervös bleibt, nach spiel sucht, die eine wiederholung ist, wiederholung einer unsicherheit, eines kennenlernens und einer liebe, die alles nennen muss, weil alles in die sprache gehört, geholt, gehört werden muss, wiederholung einer wiederholung, die alles sammeln muss, weil alles.

die liebe von q. und die liebe von z. sind eine freundlichkeit, eine zärtlichkeit und ein scherz, yī zhǒng wánxiào, yī zhǒng àifǔ, etwas, das eh klar ist, das zärtlich ist wie die bewegung, mit der man einen fisch erschlägt, mit der sicherheit eines nachlässigen versprechens, das man einer geliebten macht, bevor man am frühen morgen alleine nach hause geht, dass die welt freundschaft lernen soll für einen tag nur.

nâzım hikmet via translate for justice: *gebt den kindern die welt* (1962)

worte, die wichtig sind. worte, die nützlich sind. in hong kong gibt es curryfischbällchen und bratnudeln für 1,50 und mehr dollarmillionäre als in fast jeder anderen stadt der welt. in hong kong gibt es nichts zu sehen, wenn man nicht vorher weiß, in welchem stockwerk es sich befindet; in hongkong steht alles offen, aber nichts ausgeschildert. ich habe das nicht gewusst.

郑小琼：产品叙事
zhèng xiǎoqióng: *erzählung von den konsumgütern* (2012)

es ist der sommer, in dem die regenschirmrevolution endgültig scheitert, in dem ich hier bin, zu gast, in einer sprache, in der ich immer die jüngere bleiben werde, in der man xīnlíng,

herzgeist, zu klugheit sagt und permanent die verben, adjektive und nomen wiederholt, aber aus jeweils anderen gründen. die einzige meiner sprachen, in der ich einen selbstgewählten namen trage. und auch diese sprache ist hier nur zu gast.

nicht wie eine muttersprache, wie eine tochtersprache, und die anderen töchter sind zu schön, um nicht mit ihnen schlafen zu wollen. zu wahr, um wahr zu sein. auf allen fotos, die ich von z. habe, lächelt unsere skepsis in verschiedene richtungen. es sind fotos, die jetzt schon aussehen, als würde meine tochter sie nach meinem tod durchsehen.

rey chow: *not like a native speaker. on languaging as a postcolonial experience* (2014)

eileen myles: *yellow tulips* (1982)

in hong kong gibt es die ruinen einer zukunft, die es nie gab, sagt till: höher als das finanzviertel in tokyo und abgefuckter als die plattenbauten aus der chruschtschow-ära.

in hong kong gibt es die xīnjiè, die new territories, die neuen welten als wahlbezirk, gibt es oblatendünne notizzettel, kinderkopfgroße seerosen, instantkaffee, tütensuppen, bier für china und die welt – zhōngguó de, shìjiè de –, gibt es hungrige geister und stifte der marke yīngxióng, der marke hero, gibt es jeden tag eine möglichkeit, seine fähigkeiten im schlafen in der öffentlichkeit zu verbessern, gibt es eine beruhigend unendliche menge von boxlike existences where one language is never enough.

kit fan: *hong kong and the echo* (2019)

in hong kong gibt es die alte frau im türkisen badeanzug, mit der orangenen badekappe, die hinter dem gelben metallschild, schwimmen verboten, yóuyǒng jìnzhǐ, in einer bucht auf lamma island ins meer klettert, langsam, rutschend, über felsen, zwischen die ihre füße nicht passen. wǒ yào zhēn pǔxuǎn, hat jemand mit filzstift aufs geländer geschrieben, ich will ein echtes, allgemeines wahlrecht, und darunter hat jemand mit einem anderen stift einen regenschirm gemalt.

in owl, der ontology web language, einer modelliersprache, mit der man informationen so aufbereiten kann, dass sie für maschinen interpretierbar werden, gibt es zwei grundlegende regeln. erstens, die open world assumption: absence of information must not be valued as negative information. (nur weil keine informationen über einhörner hinterlegt sind, heißt das nicht, dass einhörner in dieser welt prinzipiell ausgeschlossen sind.) zweitens, die no unique name assumption: difference must be expressed explicitly. (tóngyàng ge qūbié:

falls es nicht irgendwo explizit anders steht, sprechen alle einhörner dieselbe sprache.)

also: alles sammeln, weil alles genannt werden soll, als wütende behutsamkeit, als geste des respekts, als exakte würdigung des lernens, das geschehen kann, als detaillierte liebeserklärung, die angst hat und übt.

ich habe von euch geträumt, sagt z., von der kreuzung prince edward road west ecke fa yuen gaai, ihr saßt in einem restaurant und das licht darin war gelb wie im inneren eines hühnereis; welche art von ei es war, das war wichtig.

was ich brauche: hühnereier, wahlrecht, schwimmunterricht. gastfreundliche sprachen, freundinnen, einen staat, der die freundinnen sprechen und denken lässt, wichtige worte, nützliche worte, worte, die meine sprache nicht spricht. was ich brauche und was ich von all dem habe ist yī wú suǒ yǒu, was ich von all dem habe ich nichts davon.

颜峻：小东西
yán jùn: *kleine dinge*
(2016)

崔健：一无所有
cuī jiàn: *nothing to my name*
(1986)

on new year's, one must release captive animals and fish.

hoa ngyuen (2016)

wind
und
knochen

建材
添心
牛肉麵
COM
BUY

im fernsehen warten alle wetterkarten auf den nächsten taifun; falls der nicht kommt, auf einen moment, in dem du mutig genug bist, zu fragen. táibĕi, später august: das wetter in den poren wie alleskleber. verschlafene klimaanlagen, und an den metro-eingängen die vergebliche suche nach ellenbogen, die vergebliche suche nach diesem gut vorbereiteten grüppchen anarchie vor jeder zugtür, das ich vom festland kenne, mit dem ich fest gerechnet habe, das meinen rechnungen nicht vom einen ins andere china folgt. ich habe das nicht gewusst, das heißt: jede ordentlich aufgereihte schlange am metro-eingang kann ein versprechen sein, das versprechen eines friedensvertrags, unpräzise und groß.

in der luft, in der regel, in verflohmarkten beziehungen, in der zeit, die ich brauche, um von dōngmén nach dànshuǐ zu radeln, der zeit, die ausgelegt ist mit einem geruch, einem teppich, auf dem ich langsam weiterkomme, weil radfahren auf teppichen nicht so einfach geht und weil der teppich kein teppich ist, sondern ein geruch, ein geruch, den ich vom festland kenne: der geruch nach sesamöl, knoblauch, ingwer und gebratenem ei (ja, schon wieder ein ei, aber diesmal definitiv ohne beine, diesmal schon wieder ein hühnerei).

韓博：自由三
hán bó: *freiheit nr. 3*
(2017)

dass die diktatur genauso riecht wie die demokratie: nach dem zischen mittelstarker sojasoße, wenn man sie als erstes vor den anderen zutaten in die pfanne gießt, nach luftfeuchtigkeit und plastikstühlen, nach süß, scharf und abgestanden, ein geruch, auf dem sich eine haut gebildet hat, eine haut, auf die sich ein geruch gelegt hat, ein geruch wie der schweißgeruch auf der haut einer geliebten, ein geruch, beängstigend größer und schöner als ich. ein geruch, der erduldet werden muss, teil von etwas, mit dem man sich nur arrangieren kann. das gefühl, dass ich hier sicher bin – und zugleich in gefahr.

aleš šteger: *ein tag in solowki. aus dem logbuch der gegenwart, russland* (19. juli 2017)

keine landschaft für transzendenz, eher eine landschaft, in der man pickel kriegt, man zerzaust und sich mangels alternativen hingibt. so viele geister, so viele brücken, so viele beleidigungen, die die welt an dieser stelle auffährt für dich. don't come here expecting lieblichkeit, bèibèi; erwarte wasserfälle. erwarte bittermelonen, zwiebeln, porree, paprika, tomaten, regenschirme, motorroller, flipflops, regenschirme. erwarte einen geruch, der kein geruch ist. erwarte alle paar tage einen taifun, táifēng, einen wörtlich übersetzt sehr großen wind (typhōn, táifung, taufan, taifū, ṭūfān – ein wort mit müttern, maritimes vokabular).

erwarte die beinahe-identität dieser stadt mit der stadt, in der alle amerikanischen sitcoms in den 90ern spielten, in der die kreuzungen leicht grobkörnig, vertraut und vielspurig waren, die beinahe-identität dieser stadt mit deinem kindheitsbild von amerika, in dem alle genug geld hatten, um in coffee shops nett zueinander zu sein, mit dem verschlafenen trash am ende der geschichte, in den man hineinkriecht und sich einredet, man sei noch viel zu jung, um etwas mitzukriegen.

erwarte wellblech, aber nicht als marker für armut, sondern als marker für pragmatismus, erwarte wellblech, weil es wirksamere wege gibt, seinen reichtum zu zeigen, als durch architektur (durch bankette zum beispiel, durch das beiläufige servieren einer getrockneten seegurke für 350 dollar das stück). erwarte, dass du von táibĕi nicht einmal klischees kennst, die du erzählen kannst. erwarte, hinter m. auf ihrem motorroller zu sitzen, auf dem weg nach yílán, küste links berge rechts, und dich an einem körper festzuhalten, der kleiner ist als deiner und besser weiß, was er tut.

erwarte zwanzig räucherstäbchen pro wunsch im stadtgotttempel von yílán, und auf keinen fall auspusten, weil der atem faul, weil der abraham reisen, mikhl gelbart: *beyze vintn* (1901)

atem unglück, huái fēng, ein beyzer vint ist, immer ausschütteln, bis der wind, ein guter wind, deinen job macht. erwarte eine jeden spezifischen einzelfall umfassende typologie der winde, erwarte, dass es einen wind gibt, der krank macht, einen, der erfolg bringt, und einen, der die richtung ändert, in der die mayonnaise über deine pommes fließt, erwarte, dass der wind alles tun kann und alles tun wird.

劉勰：文心雕龍 liú xié: *literarisches denken. drachen schnitzen* (501)

wind und knochen, fēng und gǔ: die beiden bausteine, aus denen gedichte bestehen. das buch der lieder, schreibt der literaturkritiker liú xié im 6. jahrhundert, enthält sechs elemente, und das wichtigste von ihnen ist der wind. wenn ein text reich an farben, aber ohne wind und knochen ist, die ihn in der luft halten, muss man ihn nur kurz schütteln, und seine schönheit wird auseinanderfallen. wenn eine schreibende dünn an ideen und fett an worten ist, fehlt es an knochen; wenn ihre ideen unvollständig sind und nicht vom boden hochkommen, fehlt es an wind. generationen chinesischer literaturwissenschaftlerinnen, schreibt eliot weinberger, haben versucht, herauszufinden, was wind und was knochen ist, aber das einzige, was liú xié ganz eindeutig dazu sagt ist das einzige, worauf alle sich einigen können, ist, dass die perfekte mischung aus

eliot weinberger: *wind and bone* (2007)

knochen und wind, das perfekte gedicht, ein vogel ist.

nǐ tīng bù dǒng niǎo jiào, dàn tāmen què hěn hǎotīng: was die vögel sagen, verstehst du nicht, aber es klingt auf jeden fall gut, schreibt zāng dì. das erklärt bloß keine kapitulation, das erklärt einen dieser nüchternen wünsche in übergröße, outsized longings, nach den dingen, die deine sprache nicht spricht, weil sie außerhalb ihrer maße liegen: spaces in the air where the wind waits, disguised as silence. ein hunger nach überschreitung, nach übersetzung, ein gebietsanspruch, a territorial claim:

臧棣：热带的忧郁协会
zāng dì: *gesellschaft für traurige tropen* (2014)

paul violi: *tryptich* (1982)

at some point in the process of becoming attached to the work you have misrepresented the work to yourself and now you have come to love your misrepresentation more, in a process of productive misatttachment. this is what translation, like any reading, offers us: occasions for inappropriate, improbable, powerful reality-suspending identification. übersetzung: ein trainingslager für dreistigkeit.

kate briggs: *this little art* (2018)

1910, wenige monate, bevor das chinesische kaiserreich in den explodierenden waffenlagern der xīnhài-revolution verschwindet, sitzt ein ausreichend großer teil der chinesischen oberschicht lesend in seinen ferienhäusern, um aus den verkaufszahlen dieses jahres eine bestsellerliste zusammenzustellen. sie wird von den folgenden titeln angeführt: shàonián wéitè zhī fánnǎo (die leiden des jungen werthers), xiēluòkè qí àn kāichǎng (die abenteuer von sherlock holmes), móxiá chuán (don qijote), hēinú xū tiān lù (onkel toms hütte), zéi shǐ (oliver twist), lǔbīnsūn piāoliú jì (robinson crusoe), zhànzhēng yǔ hépíng (krieg und frieden) und hǎidǐ liǎng wàn lǐ (20.000 meilen unter dem meer). ich habe das nicht gewusst.

钱杏邨：晚清文学丛抄
qián xìngcūn: *studie zur literatur der späten qīng-zeit* (1960)

ein gebietsanspruch, ein trainingslager, eine wiederholung. in táiběi steht an jedem ding, was es ist; ist alles als objekt vorhanden, und dann daneben, darüber noch einmal als leuchtschrift, handgeschriebene notiz, öffentliches hinweisschild, als ein gebietsanspruch, weiß auf blau. eine erklärung der welt, die sich ausschließlich auf schrift verlässt. eine stadt als stadtplan mit integrierter legende im maßstab 1:1. eine stadt, die das sichtbare zur sicherheit wieder, zur sicherheit in die sprache holt; in eine sprache, die permanent ihre verben, adjektive und nomen wiederholt, aber aus jeweils anderen gründen.

wǒmen fǎngfú yòu yūhuí dàole rén hé niǎo yīqǐ shìfēi de niándài: als ob wir auf umwegen eine zeit erreicht hätten, in der vögel und menschen versuchen, zusammen zu fliegen. als ob wir dieses trainingslager wiederaufbauen könnten, hundert jahre später, als ob wir das alles so lange wiederholen könnten, bis keinem mehr der unterschied auffällt, als ob wir uns mit geistern verbünden und dabei aussuchen könnten, mit welchen. tote, die mir ihre texte lassen, als beweis ihrer freundschaft. es ist eine dünne wand, die das trennt, und sie ist eine membran.

藏棣：试飞协会
zāng dì: *gesellschaft für flugversuche* (2014)

das gefühl, dass ich hier sicher bin – und zugleich in gefahr. in yílán, hinter einem tempel, der nicht der stadtgotttempel, am teich zur freilassung gefangener tiere, den es gibt, weil die barmherzige freilassung gefangener, zum schlachten bestimmter tiere ein wichtiges buddhistisches ritual ist, für das großhändlerinnen in ganz asien wildvögel und fische einfangen, die sie zum wiederfreilassen an die tempel verkaufen und nach der freilassung wieder einfangen, um sie zum wiederfreilassen an die tempel zu verkaufen; den es gibt, weil jede wiederholung ihren ort hat, und so hat ihn auch jede freisetzung: neben der halbhohen statue einer schildkröte, deren schnauze man streicheln kann. jede schildkröte verlängert das leben um 10 jahre.

also alles sammeln, weil alles einen ort brauchen wird: zuckerstangen, barbierpfosten, das tattoo-studio in der tōnghuà jiē, das grobporige straßenlaternenlicht, das punkt acht uhr mit der konsistenz einer zerdrückten limone über die gehwege glitscht, tankstellen, wellenbrecher, langnese, tintenfischspieße, ikea, wiedereingefangene und wiederfreigelassene angry-bird-luftballons, die küste einer dienstleistungsgesellschaft, die ihre zukunft, die ihre vollständige industrialisierung schon hinter sich hat. keine landschaft für transzendenz, eher eine landschaft, die man längst kennt, am längsten, so lange, dass sie lange davor schon da war. und warum sollte etwas, das du immer schon kanntest, nicht das schönste sein, das du heute noch kennst.

barbara juch: *bussi aus kärnten* (2019)

als hagenbecks zirkus im oktober 1933 durch china tourt, stellt lǔ xùn, der große modernisierer der chinesischen literatur, der in japan auf deutsch studiert hat, weil medizin zu anfang des 20. jahrhunderts in japan nur auf deutsch unterrichtet wurde, grade eine gesamtausgabe von käthe kollwitz' holzschnitten zusammen. als méi lánfāng, der große modernisierer der

鲁迅：凯绥·珂勒惠支版画选集
lǔ xùn: *holzschnitte von käthe kollwitz. eine sammlung* (1936)

pekingoper, der ausschließlich frauenrollen spielt, am 3. september 1935 seinen bewusst artifiziellen schauspielstil beim moskauer theaterfestival vorführt, sitzt bertolt brecht im publikum und notiert im anschluss an die vorstellung zum ersten mal das wort verfremdungseffekt. als christoper isherwood, der sich in den jahren zuvor durch alle kreuzberger stricherlokale getrunken hat, am 11. mai 1938 in der nähe von húzhōu, kurz hinter der front des chinesisch-japanischen krieges, in schlechte laune verfällt, umarmt er ein pferd und erzählt ihm seine lebensgeschichte auf deutsch. als die wehrmacht am 12. märz 1938 begeistert in österreich empfangen wird, marschiert der panzerkommandant jiǎng wěiguó, adoptivsohn von jiǎng jièshí, von chiang kai-shek, dem ungewählten präsidenten der republik china, mit seinen kameraden von der 1. gebirgsjägerdivision durch wien. er trägt den dienstgrad fahnenjunker, edelweissabzeichen und schützenschnur.

w.h. auden, christopher isherwood: *journey to a war* (1939)

heimweh, líxiāngbìng, wörtlich: heimatdistanzkrankheit – ein wort, das nicht die schmerzen bezeichnet, die man auf reisen, die man im exil erlebt, sondern diejenigen, die man hat, wenn man zuhause ist. shù nuó sǐ, rén nuó huó, behauptet ein sprichwort im stadtmuseum von

李汝珍：镜花缘
lǐ rǔzhēn: *das schicksal der blumen im spiegel* (1827)

jerome rothenberg: *writing through. translations and variations* (2004)

max czollek: *jubeljahre* (2017)

yílán: bäume, die man umsiedelt, sterben, menschen, die umsiedeln, überleben. aber vorsicht, xiǎoxīn: dies ist keine universale wahrheit. dies ist im besten fall: ein loch im papier, das groß genug ist, um durchzuschreiben, groß genug, um die warenkette rückwärts, groß genug, um aus jedem spaziergang ein exil. xiǎoxīn, wörtlich: kleines herz. ich habe das nicht gewusst.

und wenn das kein gebietsanspruch ist, dann zumindest der patenonkel eines gebietsanspruchs, den man an weihnachten anrufen muss, damit er nicht an silvester unangekündigt zu besuch kommt, peinliche geschichten von früher erzählt und die schnapsvorräte austrinkt. zhōngyuán jié, ghost holidays, taifunsaison, noch so ein trainingslager also: die hölle geht in sommerpause, einen monat lang liegen sämtliche geister lesend in ihren ferienhäusern, am strand. vor jedem zweiten hauseingang steht eine gruppe männer in crocs und shorts und feinrippunterhemden, die opfergeld und opferautos und opferiphones und opferswimmingpools verbrennen, und dabei rauchen sie mit derselben freundlichen zustimmung wie das papier. um diese jahreszeit, sagt m., ist es besser, wenn du nicht schwimmen gehst. ich habe das nicht gewusst.

in táiběi, wo ich mir das alles anschaue wie einen film über die 20er in new york, die 20er in berlin, die 20er in shànghǎi, mit der gleichen exotisierenden sehnsucht nach einer zeit, die den luxus hat, keine zukunft zu haben; in der die probleme nicht gelöst, sondern vorübergehend verschwunden; in der die hölle nicht abgeschafft, sondern vorübergehend in der sommerpause war. wǒ xiǎng nǐ, schreibt m. einige wochen später, und ich vermisse sie auch, aber xiǎng ist ein wort mit vielen übersetzungen, es kann vermissen, aber auch bloß denken bedeuten, oder, je nach kontext, lieben.

ruth landshoff-yorck: *das mädchen mit wenig ps* (1927)

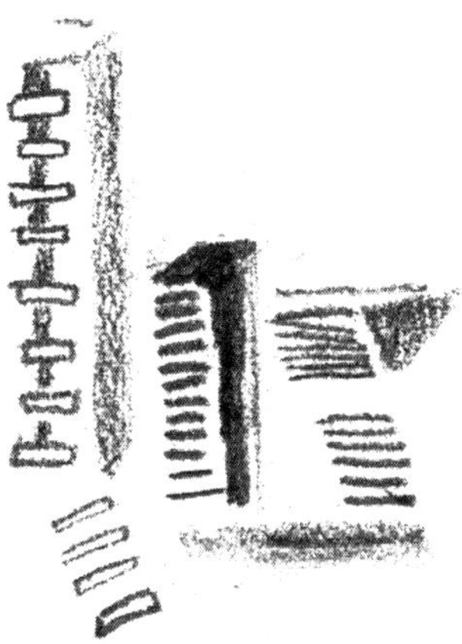

schlechte zeiten fürs land,
gute zeiten für dichter.
趙翼 zhào yì (1776)

wenn alle
milch trinken,
ohne zu
kotzen

tiānqiáo, wörtlich: brücke über den himmel. eine jakobsleiter für alle, die über diese kreuzung müssen, den himmel queren und dann auf der anderen seite der überführung als normale passantinnen weitergehen. die aufteilung der straße darunter als achsensymmetrische wiederholung, verdoppelte verfügbarkeit von öffentlichem raum. mehr platz, und im platz eine kleinteiligkeit, die die generation meiner eltern vielleicht als einzelhandel bezeichnet hätte: stempel, hühnerlebern, wasserkastanien, notizhefte, seepferdchen. jeder eingang seine eigene spezialisierung, jedes ding sein eigenes geschäft, jedes geschäft seine geschichtete nachbarschaft als blätterteig, efeu, kastanien: als geometrische hochstapelei.

als einzeln verpacktes, bewohnbares leben, bewohnbar wie comfort food, wie keine fragen, wie ein nachmittagsspaziergang, der nur eine halbe stunde, wie das gute leben in autoritären gesellschaften, bewohnbar wie kekse. wie etwas, das nicht schadet. wie die erhöhten gehsteige, wo der regen steht, wenn er fällt, wo tomaten und kartoffeln, früchte der migration.

mohammed el amraoui: *abricot* (2008)

wie ist das eigentlich mit der illegalen einwanderung in europa, fragt d. und schiebt mir ihre mangoschorle über den tisch, habt ihr das mittlerweile im griff? eine frage, die sich nicht zur beantwortung eignet. eine frage, zu der mir bei pacific coffee ganz vorne am tisch in der fensterfront nichts besseres einfällt als sie umzudrehen – i fake my way of saying it –, woraufhin d. gähnt und den mund verzieht und die sprache wechselt.

franz dodel: *nicht bei trost. carmen infinitum* (2011)

hoa nguyen: *durian sonnett* (2017)

you know chairman xí?

he's just shit.

wenn ich auf der buchmesse in shànghǎi bin, sagt h., verabrede ich mich immer am stand mit den xí-jìnpíng-biografien, das ist sehr praktisch – tausend mal das gleiche, begeistert in die zukunft grinsende buchcovergesicht, und erst auf den zweiten blick fällt dir auf, dass eins davon kein buchcover, sondern der buchhändler ist, aber außer dem buchhändler ist da nie jemand, man findet sich garantiert sofort.

wenn ich in europa bin, sagt d., fällt mir immer auf, was man alles aus milch machen kann. milchreis, milchnudeln, milchsuppe, milchbrot. vor dem café fährt ein polizeiauto vorbei. polizei, gōng'ān, wörtlich: öffentlicher frieden. europa, sagt d., ist, wenn alle milch trinken, ohne zu kotzen. ich habe das nicht gewusst.

yoko tawada: *sendbo-o-te* (2018)

d. ist gestern aus schweden zurückgekommen. d. sitzt in der pacific coffee-filiale in dieser komischen halbprivatisierten straße zwischen dàcí-tempel und tàigŭlĭ und wundert sich über ihre schwedischen freundinnen, die sich als überzeugte, sozialistische linke verstehen. die sollen mal nach china kommen, dann sehen sie, was sozialismus ist, sagt d. alle sind arm, niemand ist frei. sozialismus, sagt d., ist ein fake dream.

sozialismus, feminismus, moderne. was es heißt, mit diesen spielmarken-begriffen um sich zu werfen, erkennungszeichen, die funktionieren, als würde ich mein gegenüber mit einer maxipackung doppelt frittierter komplimente füttern, um es zum schweigen zu bringen.

méiyǒu xīwàng, sagt d., hoffnung interessiert mich genauso wenig wie politik, sagt d., halb langeweile, halb zärtlichkeit als haltung, halb entschiedenes interesse für die details als verweigerung der plumpheit, die jede propaganda ist, verweigerung der gewalt, die jede propaganda ist, exactly the kind of reductive, crushing generality i want to try to avoid. auch, wenn die großen sich ändern ließen, ginge es ums aufpassen auf die kleinen dinge, denn je

余幼幼：无骨
yú yòuyòu: *knochenlos*
(2018)

kate briggs:
this little art
(2018)

颜峻：小东西
yán jùn: *kleine dinge* (2016)

konkreter, desto ängstlicher, desto weniger möglichkeiten, einfach zu gehen, ohne betroffen zu sein.

desto mehr platz, und im platz, auf den bürgersteigen mehr elektroroller, mehr runde holztische, mehr babyblaue plastikhocker. zwei-, vereinzelt dreistöckige häuser, die sich vor jedem fenster einen wintergarten, beweglicher setzkasten, die sich vor jedem fenster ein bisschen stacheldraht gegen die tauben, und brücken zwischen den häusern, brücken über den himmel, brücken über brücken, unterüberführungen, vielleicht ein eschergemälde, noch ein vergleich, dessen stahlstruktur hier nicht trägt. ausleger an den stegen der häuser, der sprachen, der saugfähigen luft. keine ufer, wände. ich habe das nicht gewusst.

in chéngdū sitze ich im konferenzsaal des xīnhuá-hotel beim 42. internationalen dichterinnenkongress von sìchuān und höre einen vortrag von s. der vortrag besteht im wesentlichen aus zitaten von hölderlin, foucault und tagore; das hotel gehört der volksbefreiungsarmee und beherbergt momentan im wesentlichen zweihundert dichterinnen, die in großzügigen doppelzimmern auf ihren einsatz warten. draußen ist der himmel palmen und feinstaubpartikel; draußen ist der himmel wegretuschiert.

die zensorinnen lesen schlecht, aber sie lesen, sagt s. abends in der hotelbar, das ist mehr, als ich von den meisten meiner freundinnen behaupten kann. die zensorinnen haben größeres vertrauen in die wirkmächtigkeit unserer arbeit als wir; sie kuscheln uns tot. stell dir einen liebevollen, übergroßen pandateddy vor, dem millionen bleistifte aus den pfoten wachsen. dann stell dir vor, wie dich der pandateddy umarmt.

ich weiß nicht, sagt h., in den letzten zwanzig jahren war die kp doch eher sowas wie die queen: teuer, machtlos, in erster linie dekoration auf teetassen und handyhüllen. hast du die kommunistische partei chinas grade mit der königin von england verglichen, frage ich. ich weiß nicht, sagt s., seit 2012 habe ich das gefühl, dass die monarchie in china nicht mehr besonders niedlich ist.

s. hat celan übersetzt, achmatova und mandel'štam. deutsch und russisch kann er nicht, auswendig zitieren kann er sie alle.

celan, achmatova, mandel'štam. was es heißt, mit diesen spielmarken-namen um sich zu werfen, namen von toten, die nur in übersetzung gelesen werden, namen, die funktionieren, als würde ich mit kieselsteinen auf mikroben werfen. kieselstein: éluǎnshí, wörtlich: gänseeierstein.

worte, die wichtig sind. in chéngdū bemerke ich die besondere schönheit mehrsprachiger menschen, die etwas freiwillig tun; die besondere schönheit von menschen, die dabei nicht fotografiert werden.

in chéngdū gibt es mehr platz, und im platz offenere häuser, hineinschaubare häuser. ansichten in kubik, deren wände man zu großen teilen wegräumen kann und deren wände zu großen teilen weggeräumt sind. nicht transparent, erkundbar. wie eine neue verliebtheit oder ein weisheitszahn, eine verwunderung, die auf ihre eigene beendigung gerichtet ist, wie das große, allgemeine vertrauen, das man in gegenden erfährt, in denen man keine jacke braucht. hochsommer als realität, nicht als ausnahmezustand. als fortsetzung der wirklichkeit. die dinge stehen sichtbar, weil es nie so kalt wird, dass man sie wegräumen muss. ich habe das nicht gewusst.

und weil dann auch noch etwas touristisches passieren soll, stehen wir am nächsten tag vor einem naturnahen gehege der pandaaufzuchtstation in chénghuá und sehen einem panda beim scheißen zu. der panda scheißt grün. schon komisch, sagt s., alle länder haben ein kämpferisches wappentier: adler, braunbär, löwe, stier. und china – panda.

vielleicht liegt es daran, dass schwangere pandas selbst entscheiden können, ob sie nach 11 wochen oder erst nach 11 jahren gebären, sagt k. (ich habe das nicht gewusst.) 11 jahre, sagt s., hăoxiàng lăozi! genau, sagt k., und 11 monate sind dann mehr wie bei sūnzi. am ausgang der naturnahen aufzuchtstation steht ein von google gesponserter plastik-panda mit verschiedenfarbigen ohren, in den ich mich sofort verlieben würde, wenn ich ein panda wäre.

verschiedenfarbig: qīng, eine farbe, für die es im deutschen kein wort gibt, eine farbe für die farbe, die wasser hat: irgendwo im grünen bereich, aber auch blau, schwarz und durchscheinend, die farbe von pandascheiße, die farbe einer zerdrückten limone, die farbe von saugfähiger luft in einer fruchtbaren gegend, die farbe der ziegel der republikzeithäuser in der altstadt, vor denen s. steht und mir mit der gnadenlosen, unpausierbaren freude des schenkens zwei becher kāfēi entgegenstreckt, und der schriftzug über dem café sieht aus, als gehöre er zum spätwerk von walter gropius.

worte, die nützlich sind. in chéngdū überwuchert die stadt, als wollte sie aus nostalgie ein verb machen. nostalgie für eine verspätete moderne, eine moderne, die falsch abgebogen ist und jetzt auf taiwan chillt, während hier immer noch alle warten, warten auf eine kommunismusfreie vergangenheit, eine vergangenheit, die den luxus hat, ohne zukunft zu bleiben, eine vergangenheit, in der die probleme nicht gelöst, sondern vorübergehend verschwunden waren, eine vergangenheit, in der chiang kai-shek das gleiche mercedesmodell fährt wie hitler. wir kommen nicht zurück, auch in der sprache nicht, auch in der sprache ist alles immer schon da: fēijī yǐjīng dào le, bāo yǐjīng dào le, jiéguǒ yǐjīng dào le. das flugzeug ist schon gelandet, das paket schon angekommen, das ergebnis schon eingetreten. eine sprache, die permanent ihre verben, adjektive und nomen wiederholt, aber aus jeweils anderen gründen. wenn wir kein chinesisch lernen, sagt ole döring in einem interview, überlassen wir die deutung dessen,

ruth landshoff-yorck:
das mädchen mit wenig ps
(1927)

was china ist, der kp, weil wir die stimmen der anderen, die nicht genug ressourcen haben, um sie übersetzen zu lassen, nicht hören, nicht lesen, nicht finden können.

in chéngdū zeigt mir s. die fotos vom internationalen dichterinnenkongress von sìchuān 1984, 1997, 2005, und ich frage mich, was sie denkt, diese frau, die auf allen fotos die einzige ist, die eine frau in der gruppe von männern, für die eine gruppe von frauen mit blümchenbestickten fächern auf der bühne über sehr wackelig aussehende, silberne halbmonde balanciert, um sie zum schreiben zu inspirieren. was denkt diese frau, die als mann angesprochen wird, weil niemand daran gedacht hat, dass ein dichter eine frau sein könnte?

in chéngdū denke ich an zhōu zuòrén, lǔ xùns bruder, der unter weiblichem pseudonym publizierte, weil er sich als feminist verstand, der in běijīng blieb, als die japanische armee einmarschierte, weil er die universitätsbibliothek nicht allein lassen wollte, der dann als kollaborateur angeklagt und zu 14 jahren gefängnis verurteilt wurde, nachdem die straßenschilder wieder zurückgetauscht, die sprache zusammen mit der kriegsverwaltung umgebaut worden war.

feminismus, sozialismus, moderne. was es heißt, mit diesen spielmarken-begriffen um sich zu werfen. als hätte man sehr, sehr viele kartons mit sehr, sehr vielen details gefüllt, aufeinandergestapelt und dann von allen zeitgleich die deckel abgenommen. so zeitgleich, dass derselbe ort daraus wird. ich habe das nicht gewusst.

in chéngdū sehe ich, wie worte umgebaut werden, wie städte und straßen und häuser daraus entstehen, dass die worte nicht das gegenteil, sondern eine um eine ungrade gradzahl verschobene bedeutung, wiederholung dessen, was man wiederholen muss, weil man immer noch nicht gelernt hat, richtig zuzuhören.

was man wiederholen muss, weil man, wǒ de yìsi shì shuō, was ich damit sagen will, ist. den mundort suchen, diesen impuls, alles in den mund zu nehmen, was man nicht versteht, in die sprache, weil alles in die sprache: die kleinteiligkeit, die bäume, die worte, die meine sprache nicht spricht, die schatten, die stühle, die sessel, die tische auf den gehsteigen, in den teehäusern, auf den gehsteigen. den gleichen, immer gleichen geruch, immer ausgelegten teppich, geruch von räucherstäbchen, roten

claudia rankine: *citizen* (2014)

bohnen, zuckerwatte, brühe, bratöl, abflüssen, mündern, zigaretten, von einer blume, die wie magnolie riecht und keine magnolie sein kann um diese jahreszeit, von tee und tigerbalm und desinfektionsmittel und abgestandenem wasser im putzeimer neben der rolltreppe zur metro, wo die gleiche āyí, gleiche frau mittleren alters wie in jeder stadt, jedem bild, mit dem gleichen grünroten plastikbesen, dem gleichen lappen, dem gleichen dutt, dem gleichen haarnetz, mit der gleichen hellbeigen jacke und der gleichen formlosen hose den bürgersteig auf sein unumstößliches festhalten an der richtigen ideologie überprüft, den bürgersteig auf den dienst am volk vorbereitet, den bürgersteig für die kommende revolution herrichtet, den bürgersteig putzt. wǒ gāng gēn nǐ shuō de huà nǐ míngbái le ma, fragt d., was ich dir da grade erzählt habe, verstehst du das überhaupt?

i'm not interested in hope.
i'm interested in agency.
deniz utlu (2018)

1 ein trainings-lager für dreistigkeit

sehr geehrte damen und herren, es ist mir eine große freude, heute im namen von uns allen den internationalen tag der reparatur auszurufen. der stadtgott in den kameras hat schichtwechsel, das letzte taxi (das es nie gibt, denn es gibt immer ein taxi) fährt ihm vor der nase weg. durch eine stadt, in der man die mitte der welt knapper verfehlt als in anderen städten; in der stadien gebaut werden aus der vogelscheiße eines jahrtausends, das in letzter zeit nur noch das vorletzte ist.

颜峻：8月29日
yán jùn: *29. august* (2011)

臧棣：试飞协会
zāng dì: *gesellschaft für flugversuche* (2014)

aus dem fenster von j.s wohnung kann man es sehen: das niǎocháo, nest aus neonstreben, das ài wèiwèi für die olympischen spiele entworfen hat, 2008, neun jahre, bevor xí jìnpíng die verfassung geändert und sich zum lebenslangen präsidenten, sechs jahre, bevor chinas bip das größte der welt, vier jahre, bevor ich j. zum ersten mal traf. j. steht in der küche und macht tee. die küche ist offen, es riecht nach gras, irgendwer hat ein räucherstäbchen angesteckt, damit die nachbarn nichts merken. please don't take any unnecessary risks, rät die lautsprecherstimme in der metro auf dem weg zu j. über die notwendigen risiken sagt sie nichts. xiǎo dōngxi, sagt j., kleine dinge, und das ist das synonym, das j. für worte benutzt. dinge, die klein genug sind, um sie in den mund zu nehmen.

颜峻：小东西
yán jùn: *kleine dinge* (2016)

wie wird ein ding klein genug, um es in den mund zu nehmen? wie wird ein ding mundgerecht, wenn jedes wörterbuch auf der offensichtlich unbewiesenen annahme basiert, dass sprachen aus einander entsprechenden synonymen bestehen. das wörterbuch, mit dem ich chinesisch lerne, ist kein wörterbuch. es ist eine sprache, die aus perfekten synonymen besteht. es ist eine sprache, die zhōu yǒuguāng im jahr 1958 auf anweisung der kommunistischen partei erfand, weil die analphabetismusrate in china bei 85% lag. die sprache heißt pīnyīn, und sie ist eine brückensprache, eine sprache als steg vom auge zum mund, eine sprache als steg über die schrift, eine sprache, die keine sprache, sondern eine schrift.

lydia liú: *translingual practice. literature, national culture, and translated modernity. china, 1900–1937* (1995)

pīnyīn, wörtlich: buchstabierte klänge, schreibt die schriftzeichen, die wénzì (die in einem anderen gedicht wénzi sind: moskitos, kleine dinge, die ein noch kleinerer unterschied in ihrer aussprache von denen trennt, die man gern auf der zunge hat) als buchstaben. pīnyīn erlaubt mir, dass ich wénzì schreibe, wenn 文字 gemeint ist, und dann kenne ich zwar nicht die bedeutung, aber die aussprache, die ein kleines ding hat. pīnyīn ersetzt die schriftzeichen nicht. pīnyīn hält dir den sprachmantel auf, an einer stelle, und die restlichen stellen musst du selber

颜峻: 6月5日
yán jùn: *5. juni* (2011)

finden. pīnyīn ist seit den 60ern der ärmel, durch den alle ihre linke hand stecken, die chinesisch lernen, während die rechte hand weiter hinter sich tastet, egal, ob es ihre erste, ihre zweite oder ihre zehnte sprache ist. 2017, als zhōu yǒuguāng im alter von 111 jahren stirbt, liegt die analphabetismusrate in china bei 5%. when you encounter difficulties, sagt er wenige monate vorher in einem interview mit agence france-presse in fließendem englisch, you need to be optimistic. pessimists tend to die.

worte, die wichtig sind. worte, die nützlich sind. wie spreche ich von den worten, die meine sprache nicht spricht. wie erzähle ich davon, dass zhōu yǒuguāng parteimitglied und wallstreet-banker war, vertrauter von premierminister zhōu ēnlái und während der kulturrevolution zwei jahre lang strafgefangener im arbeitslager von níngxià, aber kein linguist; dass er sich bloß hobbymäßig für sprache interessierte und sie mit der wirksamkeit einer zufälligen biografie in einem wechselhaften jahrhundert neu erfand, dass er sonderbeauftragter der kp war und dass von den zehn büchern, die er nach seinem hundertsten geburtstag veröffentlichte, mehr als die hälfte streitschriften für eine demokratisierung der volksrepublik sind.

wie erzähle ich davon, dass die republik china bei ihrer gründung 1912 der erste demokratische staat asiens war, dass sie eine flagge hatte, die mich immer an die regenbogenflagge erinnern wird, dass zhōu ēnlái in den zwanzigern in berlin studiert hat, dass er in der kaiserallee 54a tür an tür mit marlene dietrich wohnte und dass es ein foto von ihm gibt, wie er mit freundinnen über den neuen see im tiergarten rudert und dabei aussieht, als wüsste er auch nicht genau, wie erzähle ich von diesem unterschied. tóngyàng ge qūbié, aber nein, der gleiche ist es nicht.

ist es doch, und vielleicht machst du es so, sagt j. vielleicht erzählst du von hé-yīn zhèn, vom feministischen manifest, das sie 1907 veröffentlicht, 1907, das jahr, in dem qiū jǐn stirbt, von den masturbationsszenen in dīng língs romanen, oder wenn du von heute sprechen willst, vielleicht erzählst du von w., einem dieser exildichter, die sich in europa als dissidenten feiern lassen, während sie in china literaturfestivals im auftrag der regierung veranstalten und business class über den abgrund zwischen ihren identitäten fliegen, das heißt, vielleicht erzählst du doch lieber vom chinesischen anarcho-feminismus in den zwanzigern, oder vielleicht erzählst du von

何殷震：女权宣言
hé-yīn zhèn: *das feministische manifest* (1907)

丁玲：莎菲女士的日记
dīng líng: *fräulein sophies tagebuch* (1927)

fāng bīnxīng, dem chef der internetzensur, der letztes jahr bei einem vortrag in hārbīn eine südkoreanische webseite zeigen wollte, die dummerweise grade geblockt war, und wie er dann den vpn-client auf seinem laptop angemacht hat, um den zensurmechanismus zu umgehen, den er selbst aufgebaut hat, und wie fünf minuten später hunderte von videos davon auf youku waren, und wie ich später am tag, als ich durch die playlists scrollte, bemerkte, dass fāng bīnxīng das gleiche vpn benutzt wie ich. vielleicht erzählst du von běi dǎo, dem großen dichter der 80er jahre, der noch immer nicht den nobelpreis bekommen hat, dessen gedichte die studentinnen gerufen haben am 4. juni '89 vor den panzern in tiān'ānmén, zòngshǐ nǐ jiǎo xià yǒu yīqiān míng tiǎozhànzhě, nà jiù bǎ wǒ suànzuò dì yīqiānlíngyī míng, wenn tausend widersacher unter deinen füßen liegen, dann zähl mich als nummer tausendundeins, und vielleicht erzählst du davon, dass man diesen text problemlos im internet finden kann, ohne vpn, dass běi dǎo nach '89 lange zeit im exil war, dass die stadtregierung von hángzhōu ihm letztes jahr eine wohnung geschenkt hat, weil er im gegenzug bei einem propaganda-event ein paar gedichte gelesen hat. nein, moment, sagt p. und hält mir eine zigarette hin, pfropf für meinen gut geübten

北岛：回答
běi dǎo: *die antwort*
(1988)

empörungsreflex, das darfst du nicht falsch verstehen. běi dǎo ist einer von den guten. er hätte eine viel größere wohnung haben können, aber er hat die kleinste genommen, die es zur auswahl gab. ich habe das nicht gewusst.

p. hat eine juniorprofessur in chicago, er ist zu besuch, um seinen eltern seine neugeborene tochter vorzustellen. p. kam mir nie vor wie der typ, der raucht. p. kam mir aber auch nie vor wie ein junior; vielleicht hat er die zigaretten nur dabei, um freundinnen am aussprechen vorschneller urteile zu hindern. p. schaut aus dem fenster von j.'s wohnung, auf kästen voll licht, auf etwas, das mit dem wort stadt nicht ausreichend genannt ist, auf etwas, an das ich mich bedingungslos binden möchte wie an etwas, mit dem ich anders nicht umgehen kann. j. macht einen song an, den niemand mehr hören kann, alle wissen, dass es ein kitschiger song ist, dass der guǎngchǎng, der platz im titel, derselbe platz ist, der platz, von dem dài wéinà schreibt, dass er ein leergefriedeter platz unterm himmel ist, und zwei zeilen weiter schreibt sie: wǒ zhǐ yǒu shíyī gè qíngrén, wǒ zhǐ yǒu shī yī gè qíngrén, mein im käsefondue ziehender liebling, für dich würde ich sogar der partei beitreten.

carsick cars: 广场
carsick cars: *der platz*
(2007)

戴潍娜: 仰光情人
dài wéinà: *rangun lover*
(2014)

und dann stoßen wir an auf eine zeit, bevor ich geboren wurde, als man in hòuhǎi noch feiern konnte und als es in cháoyáng noch bars gab, die den namen verdienten, als die mieten so niedrig waren, dass alle im zentrum wohnten, und das internet so neu, dass niemand ein vpn brauchte, um google zu benutzen. man muss nicht jede geschichte miterlebt haben, um sie erzählen zu dürfen; manchmal reicht es, dass sie schön ist; manchmal reicht es, dass sie nicht verschwinden darf.

also: alles sammeln, weil alles. das fondue-restaurant, in dem wir am nächsten tag um ein loch im tisch, das ein loch im gedicht ist, und auf der anderen seite schwimmen kürbisspalten, lieblinge und tofuhaut. die fünf sprachen auf den buchrücken in j.'s wohnung, die eine kreuzung im regal bilden, die kreuzung qīngnián lù ecke cháoyáng běi lù, straße der jugend ecke nord-cháoyáng-straße, die man hinter den buchrücken sehen kann, die rote basecap der frau, die cǐshí cǐdì, in genau diesem moment, an genau dieser kreuzung eine ananas kauft und sie schräg von oben schälen lässt, so, dass alle narben der schale, alle harten stellen raus sind. eine bewegung, in der keine vergebung liegt; eine bewegung, von der ich jedes mal denke, dass sie dieses mal aber ins auge geht. zu viel kraft für zu wenig klinge, die in spiralen am obst lang fährt.

胡杰：寻找林昭的灵魂
hú jié: *auf der suche nach lín zhāos geist* (2004)

als lín zhāo, noch eine freiheitskämpferin mit schwert im künstlernamen, am 28. april 1968 nach acht jahren haft wegen kritik an der kommunistischen partei vom exekutionskommando des tílánqiáo-gefängnis in shànghǎi erschossen wird, hinterlässt sie wände, hefte, blätter voll blut. essays, gedichte, offene briefe, geschrieben mit einer haarnadel, die unter die haut ging. jedes meiner verhöre, schreibt lín zhāo, macht mich zur autorin meiner akte; jeder kopierte brief geht als beweis meiner gefährlichkeit direkt ins zentrum, ins archiv des polizeistaats; so einfach erlangen die wenigsten ewigkeit.

魯迅：死
lǔ xùn: *sterben* (1936)

als lǔ xùn einen monat vor seinem tod gefragt wird, ob er nicht nach christlichem vorbild seinen feinden vergeben und seine feinde um vergebung bitten wolle, notiert er in seinem testament: sie sollen mich um himmels willen weiter hassen, ich werde keinem einzigen von ihnen verzeihen.

maggie nelson: *the argonauts* (2015)

und irgendwo dazwischen, somewhere along the line, from my heroes, whose souls where forged in fires infinitely hotter than mine, i gained an outsized faith in articulation itself as its own form of protection, eine art von antizipatorischer nostalgie, die schreiben ist, schreiben gegen die antizipatorische angst, dass unser schweigen uns nicht beschützen wird, schreiben wie schnee, der auf eine müllhalde fällt: xuě yīyàng luò zài lājīchǎng de xiězuò, und dahinter der himmel nach dem himmel nach dem sonnenuntergang, ein immer noch nicht fertig fermentiertes stück salztofu, ein immer noch komplett leeres stück himmel, von der farbe eines blauen flecks, der allmählich gelb wird, auf dem die namen aller geister notiert sind und die namen aller geister miteinander streiten, aller guten und schlechten geister, die sich mit opferautos und opferiphones und opferswimmingpools die köpfe einschlagen, an deren abwesenheit wir uns nicht gewöhnen werden, vielleicht, weil diese familie unsere ist, part of a long history of queers of all kinds constructing their own families, vielleicht, weil es unsere aufgabe ist, uns nicht zu gewöhnen, bù guǎn sān qī èrshíyī, vielleicht, weil wir keine wahl haben im leben, weil das, was wir können, im hinblick auf das leben nicht so viel ist.

ganz egal, wofür du dich entscheidest, sagt p., es wird einen preis geben, den du zahlst. yào fù de dàijià: fakt ist, du wirst nicht alles retten.

davi der-wei wang: *worlding literary china* (2017)

audre lorde: *sister outsider* (1984)

颜峻：小东西
yán jùn: *kleine dinge* (2016)

maggie nelson: *the argonauts* (2015)

yoko tawada: *etüden im schnee* (2017)

颜峻：小东西
yán jùn: *kleine dinge*
(2016)

alle bilder werden sich in diesem himmel auflösen, mit diesem himmel aufhellen – was dasselbe ist: biàn dàn – mit diesem himmel verschwinden, weniger werden – biàn méiyǒu – bis nichts mehr, bis worte, die meine sprache nicht spricht, bis der himmel so leer, dass ihn niemand mehr leerfrieden kann. fakt ist: alles, das du nicht rettest, kostet dich, mit anderen worten: vielleicht ist auch diese welt nur der schrottplatz einer anderen welt. ich habe das nicht gewusst.

lütfiye güzel:
elle-rebelle
(2017)

und daraus lernst du, sagt. p., dass hoffnung nicht besonders interessant ist; was interessant ist, ist handlungsfähigkeit, und vielleicht ist auch das wieder teil eines gedichts: hǎo xiāoxī yě bù xìn, huài xiāoxī yě bù xìn, schreibt xī chuān, der große dichter der nuller jahre: glaube den guten nachrichten genauso wenig wie den schlechten.

西川：麻烦
xī chuān: *ärgernisse*
(ca. 2015)

was feiern wir also, wenn wir nichts davon glauben können, weil zu viel davon wahr – wenn wir nie sicher sagen können, auf welcher party wir sind, sondern nur, dass wir nicht von ihr runter kommen?

vielleicht die fortsetzung der wirklichkeit mit anderen mitteln. vielleicht aristoteles' definition von materie als die indeterminierte fähigkeit zu widersprüchen. vielleicht unsere behauptung, wir könnten die geschichte ins messer laufen lassen, ohne teil von ihr zu sein. vielleicht das unbehagen unter der kruste des sprechens, dessen ausdauernde drift wir allmählich erahnen. vielleicht die neugründung eines trainingslagers für dreistigkeit, das heißt, vielleicht das erlernen der fähigkeit, etwas so lange für normal zu erklären, bis keinem mehr der unterschied auffällt. vielleicht unseren undeutlichen aufenthalt among jokes and caresses, zài wánxiào hé àifǔ zhōng, vielleicht die verweigerung von schmerzmitteln, die verweigerung des konjunktivs als friedensvertrag, vielleicht, dass alles, was wir aus dem gedächtnis notieren, genau so gewesen ist, vielleicht, dass wir nicht alles sammeln können, aber alles sammeln werden, was wir können, alles, weil alles wichtig, weil alles gesehen werden, weil alles in die sprache gehört.

leonid gubanov via kirill medvedev
via cory merrill und keith gessen:
it's no good (2000)

73 七十三

wenn alle
milch trinken,
ohne zu
kotzen

made in china

27 二十七
derselbe
unterschied

57 五十七
wind
und
knochen

89 八十九
ein trainings-
lager für
dreistigkeit

9 九
ein loch
im papier, das
groß genug
ist

43 四十三
die hemds-
ärmelige liebe
meiner
freundin q.

诗歌即道路。

Ein Gedicht, d.h., ein Weg.

刘立杆 Liú Lìgān

Ich danke Tillmann Severin, Han Bo, Michael Leemann, Zhou Zan, Eleanor Goodman, Zheng Xiaoqiong, Yael Inokai, Liu Ligan, Andrea Schmidt, Dai Weina, Jo Frank, Yan Jun, Barbara Juch, Xu Yangyang, Max Czollek, Paula Fürstenberg, Yin Zhihong, Xi Chuan, Doris Anselm, Xiao Kaiyu, Nora Zapf, Li Dong, Brad Schmidt, Yu Cong, Anna Hetzer, Wang Pu, Tristan Marquart, Jiang Ningxin, dem Lyrikkollektiv G13 und den Bewohner*innen des Wortschutzgebiets für alles, was unterwegs geschah: Für Gespräche, Übersetzungen, Hilfe, Einladungen, Geschenke, Lektüren, vor allem aber für ihre Freundschaft. 感谢。

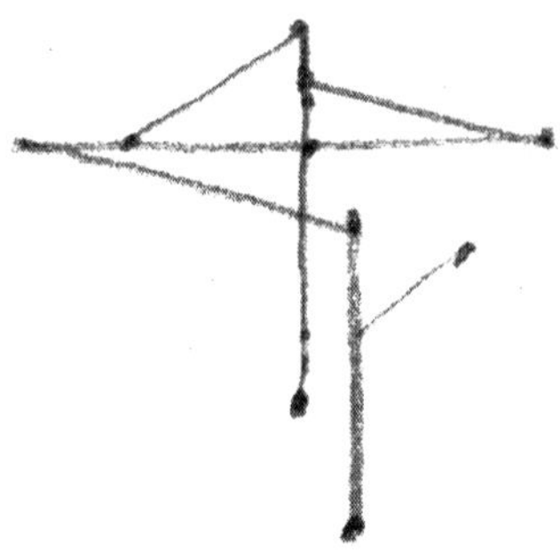